Shéhérazade

À Johannes Gutenberg

B. F.

Pour Béatrice, Isidora et Anne,
en les remerciant de m'avoir ouvert
les yeux sur l'urbanisme

Pour Kfard et son coup de main graphique

O. B.

Shéhérazade

Béatrice Fontanel - Olivier Balez

SARBACANE
depuis 2003

Shéhérazade vit dans le donjon d'une forteresse. Elle est princesse prisonnière. Bon... mais seulement à certaines heures de la journée. Le reste du temps, elle se promène, rend visite à ses voisins. Elle va aussi en classe, comme tout le monde ou presque.

Pas facile de trouver le chemin
du château de Shéhérazade,
entouré d'un labyrinthe impossible
de routes, de murailles et de ronces.

Le matin, Shéhérazade, traverse de longs corridors sans lumière.
Elle doit éviter la porte de messire Robert, car il a deux gros chiens des enfers qui grognent et reniflent sous la porte.

La princesse passe saluer madame Germaine, une ogresse joviale qui pèse cent kilos et possède deux perroquets... en réalité deux bouffons qui ont tenté de lui dérober ses économies et qu'elle a métamorphosés en volatiles multicolores.

TV
TV CUISINE

L'ogresse aime beaucoup regarder la télé, mais elle a du mal à se déplacer. Shéhérazade lui rend service et fait ses courses. En échange madame Germaine lui prête des livres, mais en cachette.

Shéhérazade n'a pas le droit de lire des livres. Sinon elle lit tout le temps : tout le jour et une bonne partie de la nuit. Et le lendemain, à l'école, elle s'endort. Le grand provizir a convoqué sa mère.
La sentence est tombée : non, pas la tête coupée, mais confiscation des livres et même... de sa carte de bibliothèque. Depuis Shéhérazade se raconte des histoires à elle-même et se débrouille comme elle peut.

Lorsque tout le monde sommeille, elle sort le livre secret caché dans sa taie d'oreiller. Et de la chambre de sa tour, elle lit à la lumière d'un grand réverbère. Enfin, quand il n'est pas cassé… Car dans ce cas, elle doit se contenter de la pâle lueur de la lune. Quand elle arrive à un moment palpitant de l'histoire, elle lève la tête vers l'astre nocturne, qui l'encourage à poursuivre. Enfin, c'est l'impression qu'elle a.

Et lorsqu'il n'y a pas de lune, Shéhérazade lit avec sa lampe de poche sous les couvertures. Mais on étouffe là-dessous… Et zut : plus de pile !

Le matin, Shéhérazade doit aussi prendre garde de ne pas tomber dans les oubliettes du château qui souvent sont bloquées. De temps en temps, le réparateur d'oubliettes descend tout au fond, pour voir ce qui cloche là-dedans.

Un jour, madame Germaine est restée coincée dans les oubliettes et les gardes ont eu un mal de chien à l'en extraire.

Du coup, Shéhérazade préfère prendre l'escalier, même s'il n'en finit pas, avec toutes sortes de signes mystérieux sur les murs, des phrases qui semblent s'inscrire toutes seules, lorsque personne n'est là.

En passant, elle attrape un mot ou deux et invente aussitôt une nouvelle histoire. Chaque jour, d'autres inscriptions apparaissent. D'autres récits commencent, et ainsi de suite. Ce sont " Les Histoires de l'escalier " qui doivent s'achever avant d'arriver au rez-de-chaussée, sinon Shéhérazade, en statue, serait transformée.

Dans l'écurie du château, Shéhérazade coiffe son heaume empanaché, enfourche son cheval et traverse la cité ventre à terre, saluant tous les passants, manants, épiciers, postiers...

Sur son destrier caparaçonné, le temps de la chevauchée, Shéhérazade aime bien jouer tous les rôles : magicienne, présidente, vétérinaire ou volcanologue. Toutes sortes d'idées lui passent par la cervelle, juste avant d'arriver au collège.

DROGUERIE

Mais dans la cour de récré, un tournoi de chevalerie a mal tourné. Tout le monde est sur le point de s'embrocher. Shéhérazade se plante aussitôt au milieu de la compagnie et s'écrie : « Il était une fois ! » Comme si un sort leur avait été jeté, tous les belligérants s'immobilisent.

51

La princesse improvise alors ce récit : “ Huit frères, un jour, furent victimes d’un étrange sortilège : au lieu de serpents et de crapauds – comme cela arrive banalement – ne sortaient de leurs bouches que des insultes affreuses. Ils ne pouvaient plus dire que ça, à tout bout de champ, même aux jeunes filles qu’ils trouvaient très belles. Elles se sauvaient en se bouchant les oreilles, ou alors elles étaient touchées, elles aussi, de la même épidémie et répétaient à l’infini ces affreux gros mots. ”

Les deux clans écoutent l'histoire, bouches bées. Soudain Shéhérazade s'interrompt : " Si vous voulez connaître la suite, vous attendrez demain, mais attention jusque-là, aucune insulte ne doit être prononcée. "

Le soir, en rentrant au château, la princesse découvre que les boîtes aux lettres, traîtreusement attaquées pendant la journée, sont en ruines. Ça avait chauffé entre les habitants du palais. Tout le monde est à couteaux tirés.

La nuit a fini par tomber. Le calme est revenu. Shéhérazade s'est installée sur la table de la cuisine et a commencé à écrire un conte, brodant, au fil des heures, mille rebondissements. Puis elle le découpe en plusieurs morceaux, qu'elle plie et numérote soigneusement.

Le lendemain matin, dans les boîtes aux lettres
rafistolées avec de la ficelle, elle glisse les bouts
d'histoire, avec ce petit mot griffonné
au verso : “ Le reste du récit...
à chercher chez son voisin. ”

Au cours de la journée, d'un étage à l'autre, on entend comme une drôle de partie de loto : “ Je cherche le 15, vous avez le 15 ? ” “ Moi, je voudrais le 4, qui a le 4 ? ” Madame Germaine donne la fin de l'histoire à messire Robert qui la dévore. Le soir, lorsque Shéhérazade est rentrée, tout le monde est à peu près réconcilié.

1
RC
HORS SERVICE

On pourrait continuer longtemps à raconter les inventions de la jeune princesse, mais Shéhérazade, au fil des années, a fini par grandir, elle est devenue une jeune fille.
Et un beau jour, elle a disparu du château et même de la cité.

Après son départ, ça a été le grand chambardement dans la cité. Les pelleteuses, les grues sont arrivées, on a installé des échafaudages partout (on aurait dit une armée assiégeant la forteresse, avec ses catapultes et ses tours d'assaut.) Il y avait un bruit d'enfer, madame Germaine n'en pouvait plus. Elle ne reconnaissait plus rien. Ça a duré des mois, messire Robert n'arrivait pas à la réconforter. Ce vieux château : il n'avait pourtant pas des siècles. Quelle camelote...

PROCHAINEMENT
LA RÉHABILITATION
DE VOTRE IMMEUBLE

Et puis un matin, ils ont tous levé le camp.
Les machines sont parties, on a démonté les échafaudages, enlevé les palissades des chantiers. Tout avait drôlement changé d'allure, madame Germaine était ravie. Le château avait pris des couleurs, l'école aussi. Les rues étaient devenues plus vertes.
À la rentrée suivante, on a vu arriver la nouvelle provizire.
Et parmi les institutrices, les enfants et leurs parents ont tout de suite reconnu…

Shéhérazade !

Finalement, elle préfère être maîtresse que princesse :
faire un brin de grammaire, beaucoup de poésie,
de la géographie, de la géométrie aussi et bien d'autres choses.
Et lorsque le brouhaha gagne la classe, vers la fin de l'après-midi,
Shéhérazade commence : " Je vais vous raconter une histoire
très ancienne : Il était une fois un homme qui s'appelait Ulysse... "

I. Canaries
I. du Cap Verd
Cap Verd
Sénégal
SUD
Ligne
I. Plaisante
Pernambouc
I. S. Helene
Angola
Caledonia
I. Philip
I. Norfolk
Antarctica
lundi 13 septembre

du Cancer
Route du Retour
Arch Roggewein
I Maldives
Tropique
Tropique du Capricorne
Arch Dangereux
I de Paques
S. Jean Fernandez
la Conception
I Kermadec
Ste Therese
de la Plata
l'Assomption
Lord Auckland

À RETROUVER DANS LA COLLECTION FLEX :

Ce que lisent les animaux avant de dormir
Noé Carlain - Nicolas Duffaut
ISBN : 978-2-84865-669-4

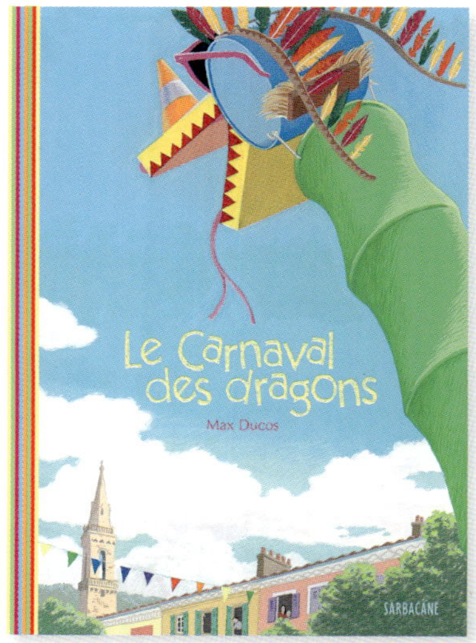

Le Carnaval des dragons
Max Ducos
ISBN : 978-2-84865-670-0

Collection dirigée par Emmanuelle Beulque

www.editions-sarbacane.com
facebook.com/fanpage.editions.sarbacane

Loi n° 49-956 du 16 juillet 1949
sur les publications destinées à la jeunesse.

Dépôt légal : 1er semestre 2014.
ISBN : 978-2-84865-668-7

Imprimé à Singapour.